칼
자
국

칼자국

김애란 소설

정수지 그림

창비

어머니의 칼끝에는 평생 누군가를 거둬 먹인 사람의 무심함이 서려 있다. 어머니는 내게 우는 여자도, 화장하는 여자도, 순종하는 여자도 아닌 칼을 쥔 여자였다. 건강하고 아름답지만 정장을 입고도 어묵을 우적우적 먹는. 그러면서도 자신이 음식을 우적우적 씹고 있다는 사실을 모르는 촌부. 어머니는 칼 하나를 이십오 년 넘게 써 왔다. 얼추 내

나이와 비슷한 세월이다. 썰고, 가르고, 다지는 동안 칼은 종이처럼 얇아졌다. 씹고, 삼키고, 우물거리는 동안 내 창자와 내 간, 심장과 콩팥은 무럭무럭 자라났다. 나는 어머니가 해 주는 음식과 함께 그 재료에 난 칼자국도 함께 삼켰다. 어두운 내 몸속에는 실로 무수한 칼자국이 새겨져 있다. 그것은 혈관을 타고 다니며 나를 건드린다. 내게 어미가 아픈 것은 그 때문이다. 기관들이 다 아는 것이다. 나는 '가슴이 아프다'는 말을 물리적으로 이해한다.

어머니는 칼을 자주 갈았다. 알을 가득 밴 4월 꽃게를 빠개거나 개고기 뒷다리를 자를 때면 일주일에 두세 번도 더 숫돌을 꺼냈다. 타일 하나 바르지 않은 시멘트 바닥에선 하수도 비린내가 났다.

부엌에 쪼그려 앉아 칼 가는 어머니의 모습은 모든 짐승들의 어미가 그렇듯 크고 둥글었다. 허리 군살에 말려 올라간 티셔츠, 팬티 위로 함부로 보이던 허연 엉덩이 골. 나는 어머니의 뒤태에서 곧 사라져 갈 부족의 그림자를 봤다. 어쩌면 어머니의 말, 한국이라는 작은 나라 사람들 중 더 작은 나라 사람들이 쓰는 그 말 때문인지도 몰랐다. 벵골 호랑이에게는 벵골 호랑이의 말이, 시베리아 호랑이에게는 시베리아 호랑이의 말이 필요하듯. 나이 들어 문득 쳐다보게 되는 어머니의 말. 나는 그것이 아름다운 관광지처럼 곧 사라질 것 같다 예감한다. 대개 어미는 새끼보다 먼저 죽고, 어미가 쓰는 말은 새끼보다 오래되었다. 어머니가 칼을 갈 때면 이상하게 그런 생각이 든다.

내가 끊임없이 먹어야 했던 것처럼 어머니는 끊임없이 무언가를 만들어 내야 했다. 딱히 할 일이 없어도 부엌에서 어머니가 이런저런 것을 재우고, 절이고, 저장하는 모습을 보면, 나는 새끼답게 마구 게으르고 건방져지고 싶었다. 그래서 어머니가 바쁘다는 걸 빤히 알면서도, 방바닥에 자빠져 티브이를 보거나 문지방에 기대 잔소리를 했다. 해가 지면 밥 짓는 냄새가 서서히 풍겼다. 도마질 소리는 맥박처럼 집 안을 메웠다. 그것은 새벽녘 어렴풋이 들리는 쌀 씻는 기척처럼 당연하고 아늑한 소리였다. 나는 어머니가 쓰는 칼을 쥐어 보곤 했다. 위험한 물건을 쥐고 있단 이유만으로 나는 그것을 통제하고 있다 믿었다. 나무로 된 칼자루는 노란 테이프로 감겨 있었다. 긴 세월, 자루는 몇 번 바뀌었으나 칼날은 그대로였다. 날은 하도 갈려 반짝임을 잃었지만 그것은 닳고 닳아 종내에는 내부로 딱딱해진 빛 같았다. 어머니의 칼에서 사랑이나 희생을 보려 한 건 아니었다. 나는 거기서 그냥 '어미'를 봤다. 그리고 그때 나는 자식이 아니라 새끼가됐다.

어머니는 이십여 년간 국수를 팔았다. 가게 이름은 '맛나당'이었다. 어머니는 누가 제과점을 하다 망한 것을 인수해 간판을 그대로 사용했다. 손칼국수 가게는 시골서 여자가 소자본으로 쉽게 시작할 수 있는 일 중 하나였다. 칼국수를 만드는 법은 간단했다. 솥에 바지락과 다시마, 파, 마늘, 소금을 넣고 중간에 면을 넣은 뒤 뜸 들이면 끝이었다. 그러나 쉬운 음식일수록 솜씨에 따라 맛이 제각각일 수 있다는 건 어린 나도 아는 사실이었다.

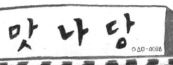

어머니의 칼국수는 훌륭했다. 여름에 하는 콩국수 역시 그랬다. 한여름, 불가에서 국수를 삶을 때면 어머니는 얼음 뜬 콩국을 한 그릇 떠 벌컥벌컥 들이켰다. 입술 주위의 솜털에는 허연 콩물이 말라붙어 있었다. 그 모습을 멀뚱 쳐다보면 어머니는 콩국에 설탕을 타 내게 먹였다. '맛나당'은 호황을 누렸다. 모처럼 시장에 나온 농부도, 농협과 수협, 새마을금고 직원도, 중학교 선생과 속 풀러 온 술집 아가씨도 모두 우리 집에 와 국수를 먹었다. 타지 사람들도 적지 않았는데, 어머니는 밥 먹는 모습만 보고도 그들의 '관계'를 알 수 있다 했다. 나는 홀에 음식을 내간 뒤 "저 사람들, 불륜 아닐까?"라고 말하며 눈을 가늘게 떴다. 어머니는 나를 나무라다가 "사실 불륜 맞다"고 맞장구를 쳤다. 어머니는 자기 음식에 자부가 있었다. 면발도 중요했지만 국

 수의 관건은 김치에 있었다. 어머니는 나흘에 한 번꼴로 김치를 담갔다. 큰 '다라이' 안에 상체를 박고 양념을 버무리던 어머니의 모습은 가게 앞 오랜 풍경 중 하나였다. 어머니는 '다라이'로 통하는 저 지하 세계에 빠져들지 않으려 버둥대는 것처럼 보였다. 나는 어머니가 잘 익은 배추 한 포기를 꺼내 막 썰었을 때, 순하게 숨 죽은 배추 줄기 사이로 신선한 핏물처럼 흘러나오던 김칫국과 자그마한 기포를 기억한다. 어머니가 국수를 삶으면 나는 그 옆에 서서 제비 새끼처럼 입을 벌렸다. 어머니는 갓 익은 면발 한두 젓가락을 건져 주었다. 그런 뒤 맨손으로 김치를 집어 입 속에 아무렇게나 구겨 넣어 줬다. 김치에선 알싸한 사이다 맛이 났다. 내 컴컴한 아가리 속으로 김치와 함께 들

어오는 어머니의 손가락 맛이랄까, 살〔肉〕 맛은 미지근하니 담담했다. 식칼이 배추 몸뚱이를 베고 지나갈 때 전해지는 그 서걱하는 질감과 싱그러운 소리가 나는 참 좋았다. 어둑한 부엌 안, 환풍기 사이로 들어오던 햇빛의 뼈와 그 빛 가까이에 선 어머니의 옆모습, 그런 것도.

부엌에는 칼이 다섯 개 정도 있었다. 어머니는 그중 한 가지 칼로만 국수를 썰었다. 나머지 칼은 과일을 깎거나 바지락을 까고, 김장 때 다른 일손에게 빌려주었다. 어머니는 국수를 눈 감고도 썰 수 있었다. 오른손이 칼질을 하는 동안 왼손 손가락 두 개는 칼 박자에 맞춰 아장아장 뒷걸음쳤다. 어머니의 칼질에는 아무런 망설임도 두려움도 없었다. 그 안에는 오랜 시간 한 가지 기술을 터득한 사람의 자부와 먹고살고 있다는 안도와 단순한 일을 반복할 때 나오는 피로가 뒤섞여 있었다. 어머니는 칼날 위에 들러붙은 반죽을 쇠숟가락으로 쓱쓱 긁어내곤 했다. 나는 아버지의 커다란 체육복 바지를 입고 잔일을 도왔다. 사춘기 땐 쟁반을 들고 배달을 가다, 길에서 좋아하는 남자애를 만나 다리가 후들거린 적도 있다. 성질 급한 어머니는 잔소리가 심했다. 대파는 가랑이를 잘 씻어야 한다. 대걸레질하라고 했더니 홀에 물만 발라 놨냐. 식탁 행주질하는 김에 숟가락 통 닦을 줄도 모르냐. 그건 놔둬라, 내가 한다, 넌 할 줄 모른다. 나도 가르쳐 주면 잘할 수 있는데, 어려운 일도 아닌 것 같은데, 어머니는 그 말을 할 때마다 은근 당당함을 비쳤다. "그건 놔둬라, 내가 한다, 넌 할 줄 모른다." 나는 어머니를 도우며 수다를 떨었다. 어머니가 반응하는 게 좋아 부러 까부는 말도 곧잘 했다. 어머니가 "장사하기 힘들다"라고 말하면 "그럼 자식 키우는 게 쉬운 줄 알았냐?"며 핀잔하는 식이었다. 그러면 어머니는 상긋 웃은 뒤 재빨리 내게 칼 겨누는 시늉을 했다. "배때기를 쑤셔 버리겠다!"는 말도 서슴지 않았다. 부모들이 아이에게 꿀밤을 먹이듯, 어머니가 연극적으로 나를 나무라는 방식이었다. 나는 예고 없이 날아오는 칼날에 소스라치게 놀랐다. 하지만 그 놀람 뒤에는 어머니가 나를 절대 해하지 않을 거라는 안도와 커다란 신뢰가 자리 잡고 있었다. 어머니는 새끼 겁주고 놀리는 걸 낙으로 삼는 여자였다. 내가 여섯 살 때, 어머니는 방 안에서 부르르 몸을 떨다 죽어 버리는 시늉을 한 적이 있다. 나는 어머니의 가짜 시신 옆에서 밤새 목 놓아 울어야 했다. 또 한번은 어머니가 내 웃옷

에 강낭콩을 넣고 "공벌레다!"라고 사기 쳐 자지러
진 적도 있다. 방바닥을 뒹구는 나를 보고 어머니
는 한참 깔깔댔다. 나는 늘 크게 울었고, 그런 뒤에
는 한없이 평화로운 얼굴로 잠들 수 있었다.

내게 칼을 들이댔음에도, 그 칼에 자주 다친 건
어머니 자신이었다. 바쁠 때 혼자 허둥대다 벤 것
이었다. 한번 벌어진 상처는 좀체 아물지 않았다.
손에 물 마를 날이 없고 양념 대부분을 맨손으
로 쥐어 양은솥에 뿌린 탓이다. 어머니는
요리와 서빙, 계산, 청소, 설거지를 혼
자 다 했다. 그래도 돈 모이는 게
신이 나 하나도 힘든 줄 몰랐다
했다. 어느 날, 어머니는 국수
를 썰다 손가락 세 개를 한

꺼번에 베었다. 어머니는 괴로운 얼굴로 지혈을 하며 계속 국수를 썰고 서빙을 했다. 피는 멈추지 않고 흘렀다. 엄지손톱은 이미 떨어져 나간 상태였다. 곧 홀에 나간 국수에서 문제가 생겼다. 하얀 플라스틱 그릇 옆면에 피가 묻은 거였다. 다행히 그 자리엔 착한 시골 할머니 한 분이 앉아 계셨다. 어머니는 연방 머리를 조아리며 국수를 다시 내오겠다고 했다. 할머니는 나무껍질 같은 손으로 그릇 옆면을 스윽 닦아 냈다. 그러고는 태연하게 "어이구, 여기 피가 묻었네유" 하고 말했다. 할머니는 조글조글한 입으로 면발을 호로록 빨며 물었다.

"많이 안 다쳤슈?"

어머니는 그날이 장사하며 손님에게 가장 고마웠던 때라고 했다.

어머니가 칼같이 지키는 원칙 중 하나는 음식
나가는 순서였다. 어느 가게라도 마찬가지겠지만,
손님들이 한꺼번에 들이닥쳐도 어머니는 누가 한
발자국이라도 먼저 왔는지 알았다. 손님들이 순서
뒤바뀌는 걸 언짢아하는 탓도 있지만. 오래전 한
여자가 갓 나온 국수를 그대로 들고 나가, 거리에
쏟아 버린 일 때문이었다. 어머니에게는 그게 상처
가 된 모양이었다. 밥장사를 하다 보면 별일이 다
있지만, 어머니가 기억하는 일은 그렇게 사소한 것
이었다. 어머니가 가장 인상 깊게 기억하는 손님이
라는 것도 별 특징이 없었다. 어느 날 한 사내가 들
어와 국수 두 개를 시켰다. 손님이 방을 원해서 어
머니는 안방에 상을 봐 줬다. 국수와 고추 다대기,
김치 한 종지가 전부였다. 사내는 빈 그릇을 하나
달라고 했다. 어머니는 왜 그런가 싶어 사내의 행

동을 유심히 살폈다. 사내는 자기 맞은편 국수 위에 빈 그릇을 엎어 놓았다. 혹여 국수가 식을까 봐 그러는 거였다. 곧이어 한 여자가 나타났다. 여자는 방긋 웃은 뒤 그릇을 걷고 젓가락을 들었다. 두 사람은 머리를 맞댄 채 조용하고 친밀하게 국수를 먹었다. 어머니는 멍한 눈으로 그들을 바라봤다. 그런 일상적인 배려랄까, 사소한 따뜻함을 받아 보지 못한 '여자의 눈'으로 손님을 대하는 순간이었다. 밥 잘하고 일 잘하고 상말 잘하던 어머니는 알 수 없는 감정을 느꼈다. 살면서 중요한 고요가 머리 위를 지날 때가 있는데, 어머니에게는 그때가 그 순간이었을 거다.

어머니가 그 칼을 만난 건 이십오 년 전의 일이다. 아버지의 직장이 있던 인천의 어느 재래시장에서였다. 부른 배를 안고 시장에 간 어머니는 채소 가게 모퉁이에서 떠돌이 칼 장수를 만났다. 사내 앞에 놓인 사과 궤짝 위에는 군인들이 쓰는 철모가 바가지처럼 엎어져 있었다. 사내는 칼을 철모 위로 세게 탁! 탁! 내리치며 "이래도 날이 안 나간다"고 외쳤다. 아낙들은 수런거렸다. 어머니도 앳된 새댁의 눈으로 경계하듯 신기하게 칼 장수를 바라봤다. 사내는 칼을 높이 들어 이것이 그냥 '스댕'이 아니라 '특수 스댕'이라고 말했다. 무쇠 칼은 무거운 데다 녹이 잘 슬고 스테인리스 칼은 너무 무른데, 이 칼은 적당하니 딱 좋다고. 칼자루는 둥글고 두툼하니 소나무로 되어 있었다. 어머니는 1,500원 주고 그 칼을 샀다. 속는 것 같기도 하고 아닌 것 같기도

했지만 신접살림에 꼭 필요했고, 칼의 어떤 위엄이
랄까 단단함에 반했던 것이다. 그날, 마분지에 둘
둘 말은 칼을 품고 산동네를 오르던 어머니의 가
슴은, 흡사 연애편지를 안고 달리는 처녀처럼 마구
두근거렸더랬다. 그 후로 어머니는 손안에 반지의
반짝임이 아닌 식칼의 번뜩임을 쥐고 살았다.

내가 그 칼에 대해 기억하는 일은 두 가지다. 하나는 여덟 살 때 학교에서 돌아온 후 생긴 일이다. 어머니는 장사를 하느라 정신이 없었다. 나는 좀 시무룩해졌다. 손님들이 홀과 방을 모두 차지했을 경우 밖에 나가 어떻게든 시간을 때우다 들어와야 했다. 하지만 그날은 그러고 싶지 않았다. 나는 어머니 주위를 계속 알짱거렸다. 어머니에게는 내가 보이지 않는 것 같았다. 나는 기어들어 가는 목소리로 "엄마 나 배고파"라고 말했다. 어머니는 그 소리도 못 듣는 것 같았다. 나는 '국숫집 딸내미가 배를 곯는 게 말이나 된단 말인가?' 싶어 서러워졌다. 나는 어머니에게 죄책감을 주고 싶었다. 그래서 "엄마는 자식보다 손님이 더 좋아?"라고 외친 뒤 가게를 뛰쳐나갔다. 어디 가서 확 죽어 버리려는 심산이었다. 어머니는 나를 쫓아오지 않았다. 나는 고개 숙인 채 거리를 걸었다. 그런데 갑자기 웬 개 한 마리가 나타나 앞을 가로막고 섰다. 덩치가 소만 한 게, 지옥에서 온 양 시커멓고 무시무시하게 생긴 놈이었다. 개는 누런 이빨을 드러내며 '컹!' 하고 짖었다. 쩌렁쩌렁한 소리에 온몸이 얼어붙는 것 같았다. 나는 '으악!' 하고 소리쳤다. 내 몸 어디서 그런 소리가 나왔는지 모를 정도로 날카로운 비명이었다. 그때 어디선가 바람같이 어머니가 나타났다. 앞치마를 두른 채 한 손에는 식칼을 들고서였다. 국수를 썰다 나와서 그런 것인지 부러 들고나온 건지는 알 수 없었다. 어머니는 내 앞에서

개를 매섭게 쫓아 버렸다. 나는 으앙— 하고 울음을 터뜨렸다. 어머니는 다시 가게로 들어갔다. 별일 아니었지만, 시커먼 개 앞에서 칼을 들고 서 있던 어머니의 모습이 그 후로 오랫동안 잊혀지지 않았다.

또 한 가지 떠오르는 건 최근 일이다. 내가 서울 소재의 대학에 붙어 세를 얻고 살림을 구하던 날이었다. 어머니와 나는 택시를 타고 인근 대형 마트에 갔다. 쌀과 라면에서부터 화장지, 세제, 생리대에 이르기까지 혼자 살아가기 위해 필요한 물건을 사기 위해서였다. 서울 온다고 말쑥하게 차려입은 어머니는 산더미만큼 쌓인 상품과 미로 같은 통로에서 주눅 들어 있었다. 부모답게 뭔가 주도하고 잔소리도 하고 싶은데 거기에선 자신이 할 일이 별로 없어 보였기 때문이다. 오히려 물건을 신속하게 알아보고 선택한 건 내 쪽이었다. 어머니는 묵묵히 카트를 밀고 나를 따라왔다. 화장을 고치지 않은 어머니의 콧잔등은 번들거렸다. 깔끔하게 올린 쪽머리의 잔털이 하나둘 삐져나와 푸석해 보였다.

우리는 식품 코너에 들러 어묵을 먹었다. 나는 입을 한껏 벌려 어묵을 먹는 어머니를 보고 '아, 엄마는 음식을 저렇게 먹는구나, 늘 저렇게 먹었었구나……' 생각했다. 어머니는 순진한 표정으로 주위를 두리번거렸다. 우리는 다시 카트를 밀고 주위를 헤맸다. 어머니는 초보 운전자처럼 다른 카트에 치이고 밀리며 당황스러워했다. 그리고 얼마 후 주방용품 코너에 섰을 때, 부엌칼을 어떤 걸로 해야 할지 몰라 고민하는 내게, 어머니는 독일제 칼 하나를 불쑥 내밀며 "이걸로 해라"라고 말했다. 내가 칼을 쥐고 갸웃거리자 어머니는 담담하게 한마디 했다.

"내가 칼 볼 줄 안다."

어머니는 처녀 때 인기가 좋았다. 눈이 크고 이마가 잘 생겨 총각들에게 잦은 구애를 받았다. 멋부리는 것을 좋아해, 조개를 캐 번 돈으로 인조가죽 부츠도 사고 롱코트도 사 입었다. 삐뚤빼뚤한 글씨로 펜팔도 하고, 외할머니가 밥하라 그러면 "새끼가 죽은 것도 아닌데 멍하니 동쪽만 바라봤다"라고 했다. 구애의 방식은 여러 가지였다. 철모 가득 딸기를 담아 온 군인도 있고 날마다 물 한 바가지만 달라고 찾아오는 사내도 있었다. 쾌활하고 오만한 어머니에게 단 하나 약한 것이 있었다면 그것은 순하고 내성적인 남자였다. 갖은 추파를 뿌리치고 어머니가 아버지를 선택한 데는 다 그만한 이유가 있었다. 아버지는 어머니를 보기 위해 자기 집에서 어머니가 사는 곳까지 몇십 리 길을 걸어가곤 했다. 용기가 안 나, 양쪽 호주머니에 소주를 넣고 마셔 가면서였다. 아버지는 어머니에게 좋아한다는 말 한마디 못 하고 다시 몇십 리 길을 걸어 집으로 돌아왔다. 도보로 세 시간이 넘는 거리였다. 말하자면 아버지는 그런 사람이었다. 상황은 자신이 만들고 결정은 어머니가 하게 하는. 하여, 칼 잘 쓰는 어머니가 지금까지도 못 자르는 게 있으니 그것은 단 하나 부부의 연(緣)이다.

신혼 초, 두 사람은 인천에 올라와 살았다. 시골서 가마니 쌀만 먹어 버릇하다 됫박 쌀을 받아 먹어야 했을 때, 어머니는 새삼 초조하고 서글픈 생각이 들었다. 아버지의 월급이 모자라 1, 2킬로씩 봉지 쌀을 사 나르던 시절의 일이다. 시장에서 칼을 산 저녁, 어머니는 아버지에게 답답한 심정을 털어놨다. 배부터 불러, 친정에서 도와주지도 않는

데, 살길이 막막하다는 요지였다. 아버지는 어머니를 타이르듯 그리고 그런 건 삶에서 별로 중요한 문제가 아니라는 듯 대꾸했다.

"인생 원래 밑바닥부터 시작하는 거다."

네 살 연상 국졸 남편이, 역시 '국민'학교밖에 나오지 못한 자신에게 건넨 이 한마디가 멋있고 미더워 어머니는 혼자 이렇게 생각했단다.

'그놈, 말 잘하네.'

그 후로 삼십여 년이 지난 오늘, 어머니가 신세한탄을 할 때면 아버지는 겉 담배를 피우며 영화배우처럼 말한다.

"인생 원래 밑바닥부터 시작하는 거다."

국수 가게 전세를 월세로 돌려야 했을 때도, 돈 꿔 간 선배가 잠적했을 때도, 내 대학 등록금 대책이 없었을 때도 아버지는 항상 이렇게 말했다.

"인생 원래 밑바닥……"

그러나 말이 채 끝나기 전에, 어머니는 아버지에게 두루마리 화장지를 집어 던지며 버럭 소리쳤다.

"그놈의 밑바닥!"

살면서 아버지가 부엌칼 든 모습을 딱 한 번 본 적이 있는데, 한밤중 자살 소동을 벌였을 때다. 몰래 쓴 사채 20만 원이 몇 달 새 500만 원이 돼 험한 사람들이 들락거렸던 밤이다. 우리는 그 돈이 아버지의 유흥비로 쓰였다는 걸 알고 있었다. 아버지는 어머니와 밤새 말다툼을 했다. 해명하고 설득하는

가 하면, 뭐라 큰소리치는 것도 같았다. 아버지는 갑자기 부엌으로 뛰쳐나가 도마 위의 식칼을 집어 들었다. 아버지는 씩씩대며 "다 죽여 버리겠다"고 했다. 그리고 자신도 "죽어 버리겠다"고. 아버지의 눈에서 이상한 빛이 번득거렸다. 아버지는 헐렁한 아이보리 내복을 입고 있었다. 어머니는 아버지가 죽지 않으리란 걸 알았지만, 열심히 아버지를 타일렀다. 아버지는 칼을 쥔 채 두 시간 넘게 인생과 철학에 대해 얘기하다 까무룩 잠이 들었다. 코를 골며 자는 모습은 또 그렇게 안일하고 긍정적일 수가 없었다.

어머니는 내가 여섯 살 때 빚을 얻어 국숫집을 차렸다. 가장으로서 체면이 안 선다고 개업을 반대 했던 아버지는 결국 살림이 불어나자 좋아했고, 나 중엔 모든 걸 떠넘기려 했다. 그때부터 어머니는 송현동 재래시장서 산 '특수 스댕' 칼을 본격적으로 쓰기 시작했다. 칼 장수의 말대로 그 칼은 좋은 칼이었다. 칼은 도마 위를 뚜벅뚜벅 걸어 나갔다. 어머니의 손은 빨랐고 칼 박자는 경쾌했다. 어머니와 칼은 젊고 단단하니 닮은 구석이 있었다. 어머니가 칼을 쥐고 음식을 만드는 모습에는 어딘가 신랄한 데가 있었다. 나는 종종 그 신랄함의 정체가 뭘까 생각하곤 했다. 그러나 생각이 깊어질 만하면 어머니가 내 입에 먹을 걸 구겨 넣어 줬기 때문에 금방 잊어버리곤 했다. 어머니는 소처럼 일했다. 그렇지만 어머니는 민첩하고 활달한 소였다. 적당히 허영심도 있었고, 장사하는 사람은 늘 깔끔해야 한다며 화장품값도 아끼지 않았다. 어머니는 '사장님, 미인이시네요'라는 말을 좋아했고, 그때마다 손사래를 친 뒤 광에 들어가 거울을 봤다. 어머니는 현실적인 여자였다. 모든 것은 순서와 계획이 있고 합리적으로 이뤄져야 했다. 어머니에게는 언제까지 빚을 갚고, 언제 집을 사며, 돈을 어떻게 나눠 저금할 것인가에 대한 계획이 있었다. 어머니는 잘 웃고 정이 많았지만 개시 손님이 하나일 때는 대놓고 인상을 찌푸렸고, 아이 셋을 데려온 부부가 국수를 두 개만 시킬 때도 주방에서 뭐라 시부렁거렸다. 반대로 아버지는 순간을 사는 사람이었다. 자기가 번 돈은 주로 자신을 위해 썼고, 놀라울 정도로 낙천적이었다. 아버지는 지역 사회에서 인정을 받는 편이었다. 토박이에다 경조 대사를 잘 챙겨 사람 노릇해 온 덕이었다. 그러나 그 인정의 저변에는 아버지가 거절을 못 하는 사람이라는 사실이 깔려 있었다. 말수 적어 착한 사위 소리 듣던 아버지가 가장 잘하는 말은 '그류'였다. '그류'는 충청도 말로 '그래유'의 줄임말이다. 장어 째는 회칼처럼 비열한 눈매를 가진 선배가 거금을 부탁했을 때도, 동네에서 신용 없기로 유명한 아저씨가 담보를 요구했을 때도, 아버지는 그 말을 묵묵히 듣고 있다 마침내 입을 열어 대답했다.

"그류."

내가 사립대에 간다고 했을 때도 아버지는 선뜻 승낙했다. 어머니가 반대해 놓고도 등록금을 대 주는 사람이었다면, 아버지는 찬성만 하고 아무 신경 안 쓰는 사람이었다. 말하자면 '나쁘다'기보단 좀 난감한 사람이라 할 수 있었다.

아버지가 어머니를 실망시킨 건 신혼 초부터였다. 아버지는 어머니가 무리를 해 마련해 준 금반지를 친구들과 술을 먹다 저당 잡혀 버렸다. 결혼한 지 하루도 지나지 않아 있었던 일이다. 몇 번 찾는다, 찾는다 하다 결국 반지를 잃어버리고 말았다. 어머니한테는 구리 반지 하나 못 해 준 처지에서였다. 몇 년 후 아버지는 웬 뜨내기 여자와 커플링을 하고 다녔다. 그녀는 나이 많고 몸매 좋은 때밀이였다. 이웃 여자에게 처음 그 얘기를 전해 들었을 때, 어머니는 바가지에 뜨거운 물을 받아 놓고 팔뚝에 낀 밀가루 때를 벗겨 내고 있었다. 이웃 여자는 말했다. 그 집 아저씨, 때밀이 여자 퇴근할 때마다 문 앞에서 '히야시'된 바나나 우유를 들고 서 있는다 하더라고. 어머니는 한 손에 파란 때수건을 낀 채 그 얘기를 들었다. 멍한 얼굴 아래로 김

이 무렵 나는 바가지에선 불은 때가 둥둥 떠다녔다. 나는 아버지를 원망하지 않았다. 다만 아버지에게 애인이 있는 것처럼 어머니에게도 남자가 있길 바랐다. 노동 후 잠든 어머니의 잔등을 쓸어 주고 주름진 얼굴을 만져 줄 수 있는 그런 손길이. 사람에게는 의당 그런 것이 필요하지 않나 하고. 이런 도덕관을 갖게 된 데는 동네 분위기 탓이 컸다. 이상하게 우리 동네 어른들은 전부 애인이 있었다. 중년 아저씨들 사이에서는 대놓고 언급되었고, 없으면 무시당하는 것 같았다. 아주머니들도 별반 다르지 않았다. 아주머니들은 훨씬 영리하게 바람을 피웠다. 그러나 내가 본 시골의 부정은 티브이 드라마처럼 심각하고 치명적인 것이 아니었다. 그것은 자연스럽고 때로 명랑하며, 은밀한 동시에 소란스러운 것이었다. 나는 시골에서 부는 그 바람이

오래전부터 세계를 움직여 온 하나의 '운동'처럼 느껴졌다. 누군가는 그것을 실수라, 누군가는 사랑이라, 누군가는 불륜이라 했다. 나는 그것의 온당한 이름을 알 수 없었다. 다만 분명한 건, 당시 동네 주위로 내가 알 수 없는 정념의 에너지가 청어 떼를 살찌우는 오호츠크 해류처럼 도저하게 흐르고 있었다는 점이다. 아버지의 외도가 신경 쓰였던 건 아버지가 우리를 버릴까 봐서도 아니었고, 도덕적 잣대 때문도 아니었다. 나를 침울하게 한 건 언젠가 아버지가 어머니에게 상처를 주지 않을까 하는 예감이었다. 남편이나 아버지가 아닌 사람으로서 일말의 도의 같은 것을 깨뜨리지 않을까 하는. 그러니까 어머니 앞에서 커플링 같은 건 하고 다니면 안 되는 게 아닌가 하는. 어머니는 자존심을 지키려는 듯 말했다. 데이트, 그거 다 돈이지 않냐. 돈

부을 데가 한두 곳이 아니니 매일 갖다 주는 돈이라도 거르지 말아 달라. 아버지는 부정도 긍정도 하지 않았다. 아버지의 장점은 궁지에 몰린 순간 아무 말도 않는다는 거였다. 아버지는 문갑 위에 건설 현장에서 버는 일당을 올려놨고, 며칠이 지나자 날짜를 거르기 시작했다. 그러다 어머니가 뭐라 하면 다시 돈을 놓고 금세 마는 식이었다. 어머니는 여자가 일하는 읍내 목욕탕에 찾아갔다. 그러고는 탕 속에서 고개만 내민 채 여자의 움직임을, 젖가슴을, 엉덩이와 허벅지를 구석구석 살펴보고 돌아왔다. 며칠 후, 어머니는 김치를 썰다 말고 '으하하하' 웃으며 말했다.

"아이고, 야, 그 여자 완전 할매더라, 할매."

그러더니 이내 시무룩해졌다. 만나도 왜 그런 여자를 만나는지 모르겠다고……. 그사이, 어머니는 반죽을 개고, 배추를 절이고, 바지락을 까고, 썩은 콩을 골라냈다. 보상 심리 때문에 화투판에도 곧잘 꼈다. 형님 소리를 듣기 위해 나이를 속이는 여자들과 함께. 미용실이나 선술집에서 신발을 숨겨 놓고. 그러다 한 아주머니의 애인이 파출소에 신고를 했다. 자기를 만나 주지도 않고 만날 화투만 친다 하여 홧김에 그런 거였다. 경찰들이 문 두드리는 소리에 '고꾼'들은 허둥지둥 흩어지고, 어머니는 양손에 현금을 쥔 채 논둑길을 달려가다 넘어져 흙투성이로 돌아왔다. 아버지의 여자가 새초롬한 표정으로 바나나 우유를 빨고 있을 즈음, 어머니의 판돈은 계속 올라 쩜 500까지 치솟아 있었다. 어쨌든 그 와중에도 어머니가 거르지 않는 게 하나 있었는데, 그것은 밥을 짓는 일이었다. 나는 그게 좀 이상했다. 장사야 그렇다 쳐도, 어떻게 바람

난 아버지를 위해 갈치를 굽고, 가지를 무치고, 붕어를 지질 수 있는지. 그것도 모두 아버지가 좋아하는 음식으로만 말이다. 그것은 어머니가 엉겁결에 찾아낸 떳떳함 같은 것인지도 몰랐다. 혹은 나 때문이었는지도. 아니면 뭐든 먹고 봐야 해서였는지도 몰랐다. 어느 날, 나는 내가 진정으로 배곯아본 경험이 없다는 사실을 깨닫고 어리둥절해진 적이 있다. 궁핍 혹은 넉넉함을 떠나, 말 그대로 누군가의 순수한 허기, 순수한 식욕을 다른 누군가가 수십 년간 감당해 왔다는 사실이 이상하고 놀라웠던 까닭이다. 오랜 세월, 어머니는 뭘 재우고, 절이고, 저장하고, 크게 웃고, 또 가끔은 팔뚝의 때를 밀다 혼자 울었다. 여자가 칼 갈아 쓰면 팔자가 드세다는데 아직까지 서방이나 새끼 잡아먹지 않은 걸 보면 괜찮은가 보다 능청도 떨면서. 생일이면

양지를 찢어 미역국을 끓이고, 구정에는 가래떡을 뽑고, 소풍날은 김밥을, 겨울에는 동치미를 만들어 주었다. 그사이 내 심장과 내 간, 창자와 콩팥은 무럭무럭 자라났다. 음식에 난 칼자국들 역시 내 몸속을 어지럽게 돌아다니며 나를 건드렸다. 나는 그 사실을 몰라 더 잘 자랐다. 한 해가 지나면 어머니는 가래떡을 썰고, 다시 한 계절이 지나면 푸른 콩을 삶아 녹색 두부를 만들었다. 나는 더운 음식을 먹고 자랐고 그 안에선 늘 신선한 쇠 냄새가 났다. 언젠가 어머니께 물었다.

"엄마, 어떤 칼이 좋은 칼이야?"

어머니는 대학까지 나온 년이 그런 것도 모르냐는 듯 답했다.

"아니, 잘 드는 칼이 좋은 칼이지 어떤 칼이여!"

어머니는 부엌 옆에 있는 광에 자주 들락거렸다.

나는 광 냄새가 싫었지만 나 먹을 것은 그 안에 다 있었다. 먼지 낀 유리병 속의 마늘장아찌나 숨 죽은 파김치, 복수심을 안고 포복해 있는 간장게장과 독 안에서 꿈처럼 출렁이며 익어 가는 물김치를 볼 때면, 내가 아주 옛날 사람이 되는 기분이 들었다. 먼지 낀 환풍기는 느릿느릿 돌아갔다. 어머니는 바닥에 구부정히 앉아 칼을 갈았다. 나는 숫돌 앞에서 엉덩이를 들썩이는 어머니를 보며 웅얼거렸다. "어머니는 좋은 어미다. 어머니는 좋은 여자다. 어머니는 좋은 칼이다. 어머니는 좋은 말(言)이다"라고.

*

어머니의 부음을 들었을 때, 처음엔 아무 생각도 나지 않았다. 내겐 어머니가 애초에 존재하지

않았던 것처럼. 어머니가 죽었다는 사실보다 내게
어머니가 있었다는 사실이 낯설고 무섭게 느껴졌
다. 남편에게 전화를 했다. 남편은 휴가를 내고 곧
장 집으로 오겠다고 했다. 고향에 있는 의료원까지
세 시간 정도면 도착할 수 있을 터였다. 어머니의
사인은 뇌졸중이었다. 몇 해 전부터 어머니는 손가
락 마디가 쑤셔 반죽하기가 고되다는 말을 했다.
나는 어머니의 몸이 스스로 정한 눈금에 신호를 보
내는 거라 생각했다. 어머니에게는 아마도 그런 것
이 있었을 거다. '적어도 언제 언제까지'라는 몸의
시계가. 내가 졸업할 때까지라든가 시집갈 때까지
와 같은 경제적인 시간의 마디가. 어머니는 자기가
정해 놓은 시간보다 빨리 시들어 갔다. 제일 먼저

녹슨 게 손이었고 다음이 무릎이었다. 어머니는 칼슘이 든 건강식품을 부지런히 먹었다. 최근엔 몸도 사리고 운동도 했던 모양이었다. 하지만 혈압 약은 먹지 않았다. 몸에 맞는 약을 찾기 힘들고 한 번에 일주일치밖에 주지 않는 약국 방침이 성가시다 했다. 우리도 어머니의 혈압을 크게 신경 쓰지 않았다. 식구들이 걱정한 건 어머니의 퇴행성 관절염이었다. 웬만해서 엄살을 피우지 않는 어머니가 '아프다'는 말을 하면, 나는 뭘 어찌해야 할지 몰라 대책없이 낙관적인 말만 했다. 어머니가 신세 한탄을 할 때면 어디서 배우지도 않은 판소리 조가 나오곤 했다. 단어 하나를 길게 끌거나 강조하며 곡하듯 말하는 화법이었다. '맛나당' 경기는 예전 같지 않았다. 동네 석유화학 단지에 투입됐던 노동력이 썰물처럼 빠져나가고, 정류장 근처에 프랜차이즈 해물칼국숫집이 들어선 탓이었다. 어머니는 가게에 손님이 없으면 남부끄럽다 했다. 돈을 떠나 동네서 체면이 안 선다는 거였다. 동네 식당 대부분이 요즘 불황이라 했다. 시골에는 외환 위기 여파가 뒤늦게 찾아온다던데 그게 지금서야 오는 모양이라고. 나는 그 지금이 '지금'이라 미안했다. 어머니는 곧 나아질 거란 내 말에 위로받는 듯했다. 하지만 내가 어머니를 동정하거나 나무라고, 잔소리라도 할라치면 성질을 낸 뒤 전화를 끊었다.

"내가 니 새끼냐?"

　어머니는 부엌에서 국수를 삶다 쓰러졌다. 제때 불을 못 맞춘 국수물은 우르르 넘고, 가스 불은 꺼지고, 홀에서 손님들이 달려왔다고. 바닥엔 숟가락 하나가 떨어져 있었다고 한다. 어머니는 죽기 전, 음식의 간을 보고 있었던 것 같다.

　장례식장은 사람들로 북적였다. 집안 어른들은 근심에 잠겨 있었지만 북적임에 대한 자부의 빛을 감추지 않았다. 소복을 입은 여자들이 부지런히 음식을 나르고 있었다. 큰어머니는 장례업체 관계자에게 끊임없이 뭔가를 지시하고 확인했다. 날이 저물자 너무 많은 문상객이 몰려드는 바람에 음식이 모자랐던 탓이다. 한 상이 차려지고, 치워지고, 다시 차려지고, 걷어지길 반복했다. 나는 사람들이 일제히 입을 벌려 뭔가를 먹고 삼키는 걸 바라봤다. 육개장, 밥, 떡, 오징어포, 땅콩, 동태전, 편육, 과일, 맥주, 소주, 사이다, 샐러드, 김치, 나물……. 문득, 자취를 하며 사소한 난관에 부딪힐 때마다 어머니에게 전화 건 기억이 났다.

"엄마 된장찌개 어떻게 하는 거야?"

어머니는 진지하게 답해 줬다.

"응. 된장 넣고 그냥 끓이면 돼."

"……"

나는 '그렇게 중요한 정보 알려 줘서 진짜 고맙다'는 식으로 건방지게 대꾸했다.

"김치찌개는 김치 넣고 끓이고, 미역국은 미역 넣고 끓이고?"

어머니는 깔깔대며 그제야 상세한 조리법을 알려 줬다. 나는 물어본 걸 또 물어보고 정박아처럼 굴었다. 어머니는 내게 질문받는 걸 좋아했다. 나는 마늘을 다지고, 두부를 자르고, 김치를 썰며 이따금 어머니를 생각했다. 어머니가 마트에서 사 준 칼을 쥐고서였다. 좋은 칼 하나라든가 프라이팬 같은 것이 여자를 얼마나 기쁘게 하는지를 깨닫는 데는 오랜 시간이 걸리지 않았다. 장례식장 분위기는 어수선했다. 큰어머니의 지휘에도 불구하고 음식 나르는 여자들은 우왕좌왕했다. 성질 급한 어머니가 이 모습을 봤다면 분명 관 속에서 소매를 걷고 나와 서빙을 도맡으려 했을 것이다. 재빨리 손님들의 상황을 살피고, 순서를 정하고, 모든 사람이 만족할 만한 순조롭고 공평한 접대를 하면서. 몰래 부좃돈을 세며 말이다.

나는 임신 중이었지만 아무것도 먹고 싶지 않았다. 남편은 계속 식사를 권했다. 나는 육개장 냄새가 너무 싫다고 했다. 그것은 장례식장 주위를 메우며 나쁜 꿈처럼 둥둥 떠다녔다. 메스껍고 현기증이 났다. 남편은 과일이나 떡이라도 좀 들라고 했다. 나는 전혀 배고프지 않다고 했다. 남편은 종일 아무것도 안 먹었는데 그게 말이 되냐며, 아이 생각을 해서라도 한 숟갈 뜨라 했다. 나는 '괜찮다'고 했다. 남편은 부탁하고 애원하다 급기야는 화를 냈다. 어른들이 남편 말을 거들었다. 친정집에 들러 쉬고 오라는 사람도 있었다. 나는 고작 삼 개월밖에 안 된 걸 가지고 왜들 수선이냐며 툴툴댔다. 남편은 육개장 국물에 밥을 말아 내 앞에 갖다 놨다. 마지못해 숟가락을 입으로 가져갔지만 구역질이 났다. 입을 헹구고 화장실서 나오는데 복도에

선 아버지의 모습이 보였다. 아버지는 큰할아버지와 장례 일정을 상의하고 있었다. 어머니는 집 근처의 선산에 묻힐 예정이라 했다. 원래 먼 곳에 있던 것을 최근 문중 어른들이 돈을 모아 좋은 땅으로 옮긴 거였다. 어른들은 선산에 갈 때마다 애도보다 안도의 감정을 느끼는 듯했다. 아마 '저기, 내 자리도 있다'는 생각 때문이었을 거다. 큰할아버지는 아버지에게 "그 옆은 나중에 자네 자리로 하고" 어쩌고 하는 말을 하고 있었다. 아버지는 일생 동안 단 한 개의 히트곡밖에 갖지 못한 가수처럼 결국 울음을 터뜨리며 대답했다.

"그류."

방갓을 쓴 아버지는 평소보다 훤칠해 보였다. 기다래진 아버지가 기다래진 손으로 얼굴을 가리고 있는 동안, 나는 어머니의 영정 사진을 바라봤다. 어머니는 오래전, 내 앞에서 몸을 떨다 죽는 시늉을 했을 때처럼 묘하게 웃고 있었다. 싱그럽고 아름답지만 동시에 수상쩍고 괘씸한 웃음이었다.

다음 날, 문상객은 더 늘어났다. 친목회 회원들과 이웃들, 어머니의 화투 멤버들, 알은체를 안 하는 서로의 정부(情夫)들, 새마을금고와 농협, 수협 직원들 모습도 보였다. 사촌 동생의 결혼식 때도 그랬지만 나와 비슷하게 생긴 한 무리의 사람들이 왔다 갔다 하는 모습을 보며 괜한 머쓱함을 느꼈다. 한 가계의 생긴 꼴이랄까 유전자랄까 하는 것 앞에서 느끼는 수줍음이었다. 저 삼촌과 저 사촌과 이 육촌은 아무 데서나 출몰했다. 그들의 얼굴은 곧 내 얼굴이기도 했다. 나는 화장실에서 내 이마를 만나고, 신발장 앞에서 내 콧잔등을 만나고,

주차장에서 내 쌍꺼풀을 만났다. 그들은 으레 '우리가 친척이겠거니' 하고 겸연쩍게 지나쳤다. 아버지의 몰골은 핼쑥했다. 나 역시 한숨도 못 자 얼굴이 푸석거렸다. 어머니의 동네 친구들은 마룻바닥에 엎드려 온몸으로 비통함을 토해 냈다. 그러곤 눈물을 닦고 재빨리 한쪽에 담요를 깔고 앉아 화

투 패를 돌렸다. 나는 어머니의 혼이 화투판 주위에서 뒷짐 진 채 안달하고 참견하는 모습을 상상했다. 남편은 오늘도 음식을 권했다. 물만 마셔도 비위가 상했다. 남편은 애가 타는 모양이었다. 나는 정신이 맑았고 피로하지 않았다. 친척들은 장례 일에 나를 끼워 주지 않았다. 뭔가 도우려 하면 모두

들 방긋 웃으며 일을 가로챘다. 나는 슬슬 화가 났다. 밤이 되자 아버지가 나를 주차장으로 불러냈다. 아버지는 내게 집에 가서 눈 좀 붙이고 오라고 했다. 나는 몇 시간 후 발인인데 그냥 여기 있겠다고 했다. 아버지는 네가 뭘 좀 갖다 주었으면 좋겠다고 했다. 나는 그런 건 김 서방한테 시키라고 말했다. 아버지는 김 서방이 우리 집 사정을 잘 모르지 않느냐며 담배를 피웠다. 속옷이랑 양말 좀 갖다 달라는 거였다. 그런 건 여기서 사면 되지 않느냐고 말대꾸를 하려다 그냥 알겠다고 했다.

'맛나당'의 문은 굳게 잠겨 있었다. 아버지가 준 열쇠로 가게 문을 땄다. 빈약한 철제 미닫이문이었다. 어둠 속에서 스위치를 더듬었다. 버튼을 누르니 홀에 있는 빈 의자들이 순식간에 형체를 드러

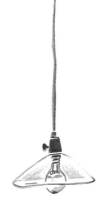

냈다. 안에서 비릿한 지하수 냄새가 났다. 부엌으로 가 또 다른 스위치를 눌렀다. 천장에 매달린 백열등에 깜빡 빛이 들어왔다. 그 불만 남겨 둔 채 나머지 등을 모두 껐다. 집은 적막했다. 방이 너무 차서 을씨년스러운 기운이 돌았다. 기름보일러의 전원을 켰다. 아버지가 돌아왔을 때를 생각해서라도 바닥을 좀 데워 놓고 가는 게 나을 것 같았다. 어둠 속에 서서 방 안을 둘러보았다. 티브이 위에 올려진 늙은 호박이며 농협에서 나눠 준 달력, 돌하르방과 양초 등 어정쩡한 인테리어 소품까지 예전 그

대로였다. 방바닥에 요를 깔았다. 그리고 그 위에 오도카니 앉아 어머니를 생각했다. 처음엔 양반다리를 하고 앉았다가 다음엔 다리를 쭉 폈고 나중엔 아예 등을 대고 누웠다. 이불 위에 꼼짝 않고 있자니 스르르 잠이 밀려왔다. 시골에 온 이래 처음으로 느껴 보는 피로였다. 조금만 이렇게 누워 있다 가자고 생각하며 눈을 감았다. 이 방에서 어머니와 함께했던 날들의 풍경이 스쳐 갔다. 방바닥이 점점 따뜻해졌다.

내 몸이 제법 어른 꼴을 갖추게 되고부터 어머니는 나를 어디든 데리고 다니려 했다. 어머니가 특히 좋아한 곳은 목욕탕이었다. 어머니는 발가벗겨진 내 육체를, 그러니까 그냥 자식이 아니라 다른 자식의 풍성한 육체를 사람들에게 자랑하고 싶어 했다. 한 번도 그렇게 말한 적은 없지만 나는 어머니의 표정에서 그걸 발견할 수 있었다. 봐라, 내 새끼다. 털도 나고 젖도 있고 엉덩이도 크다! 나는 나와 마찬가지로 털도 나고 엉덩이도 큰 아주머니들 앞에서 몸을 웅크렸다. 우리는 목욕탕을 나와 '맛나당'으로 돌아왔다. 그런 뒤 안방 보일러 온도를 올려 놓고 낮잠을 잤다. 어머니와 나는 베개 하나를 같이 베고 누웠다. 어머니의 몸뚱이에선, 계절의 끝자락, 가판에서 조용히 썩어 가는 과일의 달콤하고 졸린 냄새가 났다. 세계는 고요하고 몸은 녹진녹진했다. 선잠을 자다 보면 누군가가 꼭 집으로 마실을 왔다. 어머니는 부스스 일어나 아주머니들과 주전부리를 하며 수다를 떨었다. 주로 동네를 떠도는 나쁜 소문에 대한 얘기였다. 나는 방바닥에 누워 아주머니들이 하는 말을 다 주워들었다. 말씨는 투박했고, 잠결에 듣는 추문은 달콤했다. 해가 져서 놀러 온 아낙들도 다 떠나고 혼자 긴 잠에 빠져들어 있을 때면, 어디선가 어렴풋이 도마질 소리가 들려왔다. 다음 날 서울로 떠나는 나를 위해 어머니가 뭔가를 만들고 포장하는 소리였다. 잘 다듬은 갈치와 조기, 얼린 바지락, 어금니 동부, 강낭콩, 한 끼씩 데워 먹기 좋게 포장한 돼지갈비, 달래, 똥을 딴 멸치, 얼린 소족, 열무김치, 햇된장, 멸치볶음, 돌김……

자리에서 일어났다. 몸에 땀이 흥건했다. 시계를 보니 새벽 3시였다. 온몸이 두들겨 맞은 듯 쑤시고 아팠다. 땀인지 눈물인지 모를 것이 얼굴을 적셨다. 집에 오자, 부엌의 어둑한 어떤 것이 움직여 나를 타이르는 듯했다. 괜찮다고. 괜찮다고. 아파도 괜찮고, 느껴도 괜찮다고. 괜찮으니까, 이제 크게 울고 자도 된다고. 마음이 아픈 건 아니었다. 심장이, 콩팥이, 그리고 창자가 아렸다. 심한 갈증이 났다. 사흘이나 밥을 안 먹은 탓이었다. 신을 신고 부엌으로 나와 냉장고 문을 열었다. 얼굴 위로 냉장고의 네모난 빛이 환하게 쏟아졌다. 빛 사이로, 해파리처럼 투명하게 부유하고 있는 오이짠지와 말린 멸치, 날계란과 반찬 통 몇 개가 보였다. 물을 꺼내 그 자리서 병째 들이켰다. 오금이 시리도록 차가운 보리차가 꿀꺽꿀꺽 각 기관을 타고 내려가는

감각이 생생하게 느껴졌다. 안방 문을 닫고 속옷이 든 종이 가방을 챙겨 들었다. 그런 뒤 가만 부엌을 둘러봤다. 부엌은 어머니가 쓰러지기 전의 모습을 그대로 간직한 양 어수선했다. 개수대 위론 칼국수 그릇이 산더미만큼 쌓여 있고, 시렁에는 시든 양파와 사과 몇 알이 굴러다니고 있었다. 시선은 곧 가판 위의 도마에서 멈췄다. 어머니의 칼 앞에 서였다. 칼은 도마 위에 비스듬히 누워 있었다. 그것은 어둠 속에서 조용하게 번뜩이고 있었다. 닳고 닳아 종이처럼 얇아졌지만, 여전히 신랄하고 우아한 빛을 품은 채였다. 갑자기 참을 수 없는 식욕이 밀려왔다. 뭔가 베어 먹고 싶은 욕구. 내장을 적시고 싶은 욕구. 마침 시렁 위에 아무렇게나 굴러다니는 사과 몇 알이 보였다. 나는 한 손에 사과를 다른 손에 칼을 쥐었다. 자루는 손에 꼭 맞았다. 툭—

푸른 껍질 위로 조그마한 상처를 냈다. 나는 그 안에 칼날을 박고 돌리기 시작했다. 사각사각, 사각사각, 사각사각……. 어둑한 부엌 안, 사과 깎는 소리가 고요하게 퍼져 나갔다. 사과는 내 손에서 둥글게 자전하며 자신의 우주를 보여 줬다. 싱그러운 향기가 났다. 입 안에 침이 고였다. 나는 단 한 번의 끊어짐 없이 사과 껍질을 벗겨 낼 수 있었다. 둥글게 말린 사과 껍질이 내 구두 위로 툭 떨어졌다. 나는 숨을 깊이 내쉬었다. 그런 뒤 입을 크게 벌려 사과를 한 입 베어 물었다.

서걱—

사과 조각이 내 속으로 들어오는 게 느껴졌다. 축축한 혀를 굴려 그 맛을 음미했다. 씹고 빨고 굴리다 나도 모르게 꿀꺽. 그런 뒤 눈을 감고 중얼거렸다.

"아, 맛있다!"

휴대 전화 진동음이 들렸다. 남편이 나를 찾는 듯했다. 나는 한 손에 든 사과를 우적우적 씹으며 '맛나당'을 빠져나왔다. 사과 조각은 우주 멀리 날아가는 운석처럼 뱅글뱅글 돌며 내 안의 어둠을 여행하게 될 터였다. 장례식장으로 걸어가며, 정말이지 그런 예감이 들었다.

김애란

어린 시절 저는 제 어머니가 오랫동안 꾸린 국수 가게에서 먹고, 자고, 자랐습니다. 이럴 줄 알았으면 사진이라도 한 장 찍어 둘걸. 그땐 왜 제 주위의 많은 것들이 어느 날 사라질 수도 있다는 걸 생각지 못했나 모르겠습니다. 그래도 다행인 건 그곳을 이렇게 소설로나마 남겨 놓아 이따금 제가 그 안으로 들어갈 수 있다는 거예요. 책이라는 통로를 만나, 나 말고 이제 다른 사람도 그 안에 초대할 수 있다는 게 기쁘고 놀랍습니다. 언제나 그리고 여전히요.

소설의
첫 만남 **10**

칼자국

초판 1쇄 발행 | 2018년 7월 27일
초판 14쇄 발행 | 2023년 5월 18일

지은이 | 김애란
그린이 | 정수지
펴낸이 | 강일우
책임편집 | 김영선
펴낸곳 | (주)창비
등록 | 1986년 8월 5일 제85호
주소 | 10881 경기도 파주시 회동길 184
전화 | 031-955-3333
팩시밀리 | 영업 031-955-3399 편집 031-955-3400
홈페이지 | www.changbi.com
전자우편 | ya@changbi.com